KB046577

소년이 그랬다

The Stones

Copyright © Stefo Nantsou & Tom Lycos 2011

First published in The Zeal Theatre Collection 2011
by Currency Press Pty Ltd., PO Box 2287, Strawberry Hills, NSW 2012 Australia
All rights reserved.

Korean Translation Copyright © Sakyejul Publishing Ltd. 2014
This Korean edition is published by arrangement with Currency Press Pty Ltd.
through KCC(Korea Copyright Center Inc.), Seoul.

이 책의 한국어판 저작권은 (주)한국저작권센터(KCC)를 통해
Currency Press Pty Ltd.와 독점 계약한 (주)사계절출판사에 있습니다.
저작권법에 따라 한국 내에서 보호를 받는 저작물이므로 무단 전재와 복제를 금합니다.

소년이 그랬다

The Stones

스테포 난쑤·톰 라이코스 원작 희곡

한현주 각색

사□계절

소년이 그랬을 거 같아

원작의 묵직한 펀치

가만히 있어도 땀이 나던 2011년 한여름, 나는 원작 『The Stones』를 읽으면서 더운 숨을 몰아쉬었다. 각색에 대한 중압감과 더불어 원작이 던지는 묵직한 펀치 때문이었다. 원작에 등장하는 두 소년은 남의 차고에 침입해서 고급 승용차의 마크를 떼어 낸다. 푼돈이 되기 때문이다. 자동차 경보음이 울리자 둘은 도망을 가고, 차고에서 훔친 휘발유로 고양이의 생명을 위협하는 등 그들의 비행은 강도를 더해 간다. 급기야 두 소년은 장난삼아 다리 난간 위에 돌을 올려놓고 달려오는 차를 향해 찬다. 이어지는 수사와 재판, 그리고 사회적 관심 속에서 아이들은 성찰의 기회를 쉬이 가지지 못하고, 자꾸 커지는 두려움에서 벗어나려고만 한다. 결국 그들에게 면죄부가 내려지지만, 여전히 질문은 남는다. 과연 그것이 사회의 적절한 선택이었는지, 그들은 진실로 죄를 면한 것인지, 앞으로 인생에 그 경험은 어떤 영향을 줄 것인지……. 얼핏 이야기는 단순해 보이지만, 이 같

4

은 질문들은 한없이 무겁기만 했다. 물론 이는 '어른'으로서 내가 품었던 질문이다.

민재와 상식의 이야기

나는 주제의 무게에 짓눌리지 않으려고 애쓰면서 '민재'와 '상식'을 상상하기 시작했다. 그해 여름에는 유난히 비가 많이 왔다. 굵은 비를 뚫고 미친 듯이 달리는 두 아이의 모습이 그려졌다. 몇 개의 문장을 떠올렸다. "그날도 우린 별 이유 없이 어슬렁거렸고, 심심하면 이유를 만들어 뛰기도 했다. 그냥 그랬을 뿐이다." 어떤 사건 한가운데 자신들이 놓이게 될지 모른 채로 그저 그런 일상 속의 하루를 보내고 있었을 뿐인데, 그런데, 그런데……. 즉, 나는 원작처럼 아이들이 처음부터 비행을 저지르기보다는, 따분하고 산만한 일상에서 어디로 튈지 모르는 불안감에 휩싸이게 하고 싶었다. 또 상식을 괴롭히던 한 인물을 설정해 돌을 던지는 위험천만한 장난을 하게 되는 과정에 설득력을 부여하고 싶었다. 그래야 논쟁의 시소가 어느 한쪽으로 쉽게 기울 수 없을 것이라 생각했기 때문이다. 나아가 원작이 호주 사회를 반영하듯이, 『소년이 그랬다』에는 우리 사회 속 아이들의 모습이 담기기를 바랐다. 그래서 두 아이가 처한 현실 상황과 아이들의 말하기 방식 등을 최대한 사실적으로 표현하고 싶었다. 또 '촉법소년'을 둘러싼 문제 등을 통해 이 작품이 우리의 이야기가 되었으면 했다.

역할 놀이

원작에서 주제만큼이나 인상적이었던 것은 두 아이의 역을 맡은 배우가 두 형사의 역을 동시에 맡는다는 설정이다. 『소년이 그랬다』 역시 이 설정을 적극적으로 활용하여 연극을 보는 재미를 더하고자 했다. 성인인 두 배우가 소년을 연기한다고 가정하면 청소년 관객의 입장에서는 자신들을 흉내 낸다고 느낄 수 있을 것이다. 그 모습이 웃길 수도 있고(어설퍼서 웃길 수도 있고, 정말 똑같이 흉내 내서 웃길 수도 있을 것이다.), 혹은 자신들의 행동을 다소 객관적으로 관찰하게 될지도 모르겠다. '우리가 저래?' 하면서. 그런데 그 배우들이 이어서 진짜 어른의 모습으로 아이들을 몰아붙일 때는 다른 감정과 생각이 들 수 있을 것도 같다. 만약 이 희곡을 청소년이 직접 공연한다면 또 어떤 느낌을 불러일으킬지 정말 궁금하다. 꼭 보고 싶다. 이 희곡이 그런 활용의 가능성을 지니면 좋겠다.

작품의 각색 방향을 정하는 과정에서 연출가의 도움을 많이 받았다. 함께한 그 여름은 벌써 강력한 추억이 되었다. 더불어 쉴 새 없이 내달린 배우들과 제작진이 있었기에 이 작품이 독자와 만나는 기회를 얻었다. 고맙고, 또 고맙다.

한현주

차례

일러두기

1. 이 책은 호주 희곡 『The Stones』를 우리나라의 상황에 맞게 새로이 각색한 작품입니다. 원작의 한국어판 저작권과 더불어 『소년이 그랬다』의 출판 저작권은 (주)사계절출판사에 있습니다.
2. 이 책에 실은 공연 사진은 (재)국립극단이 제공한 것으로, 사진은 물론 공연과 관련한 저작권은 (재)국립극단에 있습니다.
3. 이 책은 국립국어원의 한글 맞춤법 규정을 따랐으나, 희곡 장르의 특성상 십대의 표현이나 입말 등은 최대한 살리고자 했습니다.

등장인물

민재 중학교 2학년.

상식 중학교 3학년.

광해 29세, 형사.

정도 42세, 형사.

민재 역을 맡은 배우는 광해를, 상식 역을 맡은 배우는 정도를 동시에 연기한다. 따라서 의상이나 특정 행동을 통해, 인물의 변화를 수시로 표현할 수 있어야 한다.

무대

극 중 공간은 다양하다.

아이들은 쉴 새 없이 이곳저곳을 배회하거나 뛰어다닌다.

마치 어느 한 곳에도 온전히 마음을 둘 수 없다는 듯이.

때로는 자신들만이 숨을 수 있는 곳을 찾는다.

누구에게도 방해받지 않고 불안을 잠재울 수 있는 곳을.

빈 무대에 대·소도구와 구조물을 이용하여, 이 같은 다양한 공간을
표현할 수 있을 것이다.

음악

공연 당시에 음악은 라이브로 연주되었으며, 전자 기타와 드럼을 활
용하여 인물들의 심리와 상황을 전달하려 했다.

장면과 장면 사이에 음악을 적극적으로 활용하여 극의 리듬을 살리
려 애썼다.

희곡에서도 이와 관련한 지시문이 있으므로, 적극적인 무대 상상에
도움이 되었으면 한다.

돌이 떨어지는 소리가 무대에 울려 퍼진다.

돌이 하나, 둘, 셋…….

무대가 서서히 밝아지면 양쪽에서 민재와 상식이 등장한다.

민재　그날도 우린 별 이유 없이 어슬렁거렸고,

상식　심심하면 이유를 만들어 뛰기도 했다.

함께　그냥 그랬을 뿐이다.

돌이 떨어지는 소리가 드럼 연주로 이어진다.

민재와 상식이 서서히 다가가 만난다.

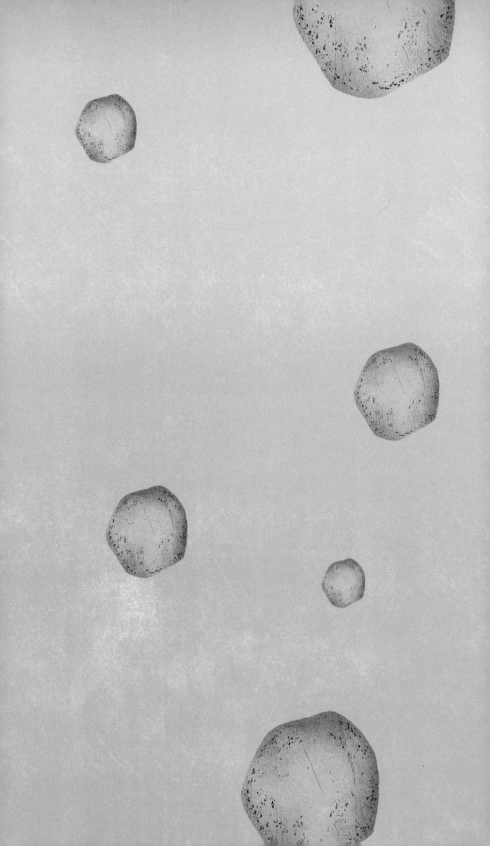

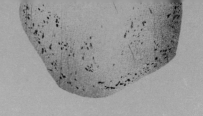

1장

놀이와 비행 사이

놀이터.

민재와 상식, 놀이기구 (혹은 담벼락) 위에 오른다.

놀이터의 아이들을 구경한다.

(물론 아이들은 무대 위에 없지만, 민재와 상식의 행동에 의해
전해진다.)

민재 아, 시원해.

상식 (놀이터 한쪽을 가리키며) 초딩이다.

민재 잘 논다.

상식 딱 네 수준. 내려가서 같이 노시지? 중삐리 김민재.

민재 지랄, 지도 중삐리면서.

상식 좀 있으면 이 몸은 고삐리 되시거든?

민재 좆나 좋겠네, 이상식.

사이

민재 (아이들에게) 뭘 봐.

상식 오, 째리는데.

민재 (아이들에게) 죽을래?

상식 (민재에게) 븅신, 듣는 척도 안 하잖아?

민재 잘 봐. (아이들에게 침을 뱉으며) 퉤!

상식 퉤!

둘, 낄낄거린다.

함께 (아이들에게) 뭐? 저 새끼가!
상식 허, 좆나 야리면서 가시는데? 초딩님들, 무서워서 살겠
      나.
민재 겁대가리 완전 상실. 말세다, 말세.

사이

상식 몇 시야?
민재 알아서 뭐 하게?
상식 아, 하루가 왜 이렇게 기냐.
민재 나이 먹어서 그래.
상식 그런가.
민재 지랄. 학원을 안 가니까 그렇지. 며칠째냐?
상식 닥쳐라.
민재 상식아, 학원 가라. 이상식, 상식적으로 생각해 볼 때 상
      식이가 학원을 안 가. 그럼 상식이 엄마가 상식이를 볼
      때 상식적으로 빡이 돌아, 안 돌아? 그니까 엄마가 상식

적으로 폰비를 안 내주지. 이상식, 이름답게 상식적으로
생각하면서 살자. 오케바리 상식?

상식 (발로 차며 위협적으로) 야! 이름 부르지 마. 형이라고 해.

민재 (얼버무리다가) 혀엉~ 형, 미안해.

상식 (민재의 머리를 쓰다듬으며) 동생, 괜찮아.

민재 좆나 쿨남.

상식 좆나 대인배지.

둘, 키득거리다가 고양이를 발견한다.
둘, 내려와 조심스럽게 고양이에게 다가간다.

민재 나비야~ 야옹~ 야옹~

상식, 돌을 주워 고양이를 향해 던진다.

민재 아 씨, 빡쳐. 왜 그렇게 빨리 던져!

상식 저 새끼 숨어서 노려보는 거 봐. 눈깔에 힘 빡 들어갔어.

민재 오, 제대로 열 받았는데?

상식 어쭈, 한 방 할퀴시겠다? 근데 쟨 왜 도둑고양이지?

민재 전과가 있나 보지.

상식 어둠의 자식.

민재   오~ 골목의 방랑자.

둘은 고양이 흉내를 내며 장난을 친다.
멀지 않은 곳에서 오토바이 소리가 들린다.
순간, 둘은 소리가 들리는 곳을 본다.

함께   어!
민재   돼지 새끼다. 배달 중인가 봐.

민재, 오토바이가 있는 곳으로 향한다.
상식, 뒤따라 가다가 돌아선다.

민재   돼지 새끼, 나이키 새 삥 루나 신고 있다. 저거 형 거 맞
          지?
상식   씨발, 구겨 신었어.
민재   사이즈도 안 맞는 걸 뺏어 가냐.
상식   석 달 동안 꼬불쳐서 산 건데.
민재   나도 괜히 끼어들었다가 좆나 맞았네.
상식   졸라 고마워.
민재   가만둘 거야?
상식   (앞으로 나가는 시늉을 하며) 죽여 버릴 거야.

사이

민재 형, 전화 걸어 보자.

상식 어디?

민재 짱깨잖아.

상식 근데?

민재 시키면 되지. 해 봐. 졸라 많이.

상식 내가?

민재, 휴대전화를 꺼내 전화를 걸고는 상식에게 넘긴다.

상식, 거부하다가 하는 수 없이 받는다.

상식 여보세요? 예, 여기…….

민재 (객석 너머를 가리키며) 삼통.

상식 삼통 아파트인데요. 어…… 107동…… 1308호요.

민재 세트.

상식 세트 주세요. (민재에게) 몇 번? 잠깐만요. 아빠!

상식, 민재에게 휴대전화를 건넨다.

민재 (목소리를 가다듬고) 아, 네. 세트 3번 하구요. 식구가 많
      아서 요리도 추가할게요. 깐풍기랑 팔보채. 어, 양장피
      도. 양장피 소스는 따로 주시구요. 단무지 여유 있게. 고
      춧가루랑 쿠폰도 잊지 마시구요. 우리 아들이 군만두도
      먹고 싶다네. 서비스 되지요? 예, 빨리요.

상식 오, 완전 아빠 같애. 울트라 킹 왕 짱!

민재 삼통 아파트!

상식 고고씽!

빠른 비트의 음악이 무대에 흐른다.

둘은 뛰어 나간다.

잠시 후, 둘이 들어오면 무대는 아파트 단지가 된다.

민재 전화할 때 몇 동이라고 했지?

상식 몰라.

민재 아, 진짜.

상식 옆에서 들은 놈이 알 거 아냐.

민재 으이구.

상식 보자. 103동, 105동, 107동……. 맞다, 107동이다!

민재 확실해?

상식 확실해. 졸라 입에 착착 감겨.

민재 착착 감겨? 돼지 새끼 죽빵도 착착 감겼냐?

상식 야! (씩씩거리며) 담탱이 뭐랬는지 아냐. 돼지 새끼 졸라
피해 다니래. 그게 담탱이가 할 소리냐?

민재 담탱이도 돼지 새끼한테 신발 뺏겼네. 크크.

상식 담배 심부름도 했을걸? 크크.

둘, 무대 한쪽으로 숨는다.

민재 형, 돼지 새끼 철가방 두 개나 들었다.

상식 졸라 무겁겠다.

민재 내 아이디어 맘에 들어?

상식 완전 쩔어.

민재 엘리베이터 탔다.

둘, 스쿠터가 있다고 가정되는 쪽으로 간다.

민재 뭐 해?

상식 뭐.

민재 아, 뭥미?

상식 뭐.

민재 타.

상식   왜?

민재   복수 안 해?

상식   뿌리자고?

상식, 겁먹은 얼굴로 주변을 살핀다.

민재   쪼는 거냐?

상식   쫄기는. 네가 타 봐라.

민재   나 면허 없어.

상식   지는 타지도 못하면서.

아파트 경비 아저씨의 호각 소리.
'어이!' 하고 부르는 소리 들린다.

상식   야, 경비 떴다.

민재   스쿠터 옆으로 가. 자연스럽게.

상식   좆나 쫀쫀하게 생겼어.

민재   (경비 쪽을 향해) 안녕하세요, 아저씨. 예? 아, 저희 여기
       살아요.

상식   (아파트 쪽을 보며) 야. 엘리베이터 내려온다! 돼지 새끼
       좆나 열 받았을 텐데.

민재 네, 어디 배달 왔나 봐요.

상식 5, 4…….

민재 예, 수고하세요.

상식 3, 2, 1.

민재 튀자!

민재, 먼저 뛰어나간다.
상식, 스쿠터의 열쇠를 뽑는 행동을 한다.
상식도 뛰어나간다.

다시 빠른 비트의 음악.
잠시 후, 둘은 다시 등장하여 만난다.
상식, 훔쳐 온 열쇠를 민재에게 자랑하듯 보여 준다.

민재 대박!

둘은 완전히 흥분해 춤을 추고 난리다.
그때, 이들의 즐거움을 방해라도 하듯 요란한 자동차 경적 소리가
들린다.

상식 아, 저놈의 카들 졸라 시끄러워.

민재 졸라 빵빵대.

상식 조낸 심심한가 봐.

민재 그러게.

사이

민재 이제 뭐 하지?

상식 거봐. 하루 조낸 길다고 했지?

둘, 주저앉아 무료해한다.

다시 놀이 대상을 찾듯, 주변을 둘러본다.

상식 (무대 한쪽을 보며) 야, 쓰레기가 움직여! 노숙자네. 종일

처자다가 이제야 일어났나 보다.

민재 형! 스쿠터 키, 줘 봐. 갖고 있으면 뭐 하냐. 저 쓰레기한

테 주자.

상식 그냥?

민재 (뭔가 생각난 듯) 그냥은 아니지! 흐흐.

민재가 노숙자에게 다가간다.

상식도 따라간다.

민재 아저씨, 안녕하세요. 나눔의 집에서 나왔어요. 자원봉사
요. 저기 주차장에 있는 회색 차, 보이세요? 저 안에 컵
라면 있어요.

상식 소주랑 담배도 있어요. 아저씨 다 가지세요.

민재 크리스마스 선물이에요!

함께 메리 크리스마스!

둘, 키득거리면서 돌아온다.

상식 (노숙자를 가리키며) 완전 병신!

민재 구경 갈까?

상식 콜!

둘, 뛰어나간다.

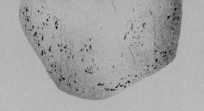

2장

형사들과의 첫 만남

다소 묵직한 음악이 흐른다.

형사인 정도와 광해가 등장한다.

정도 여기야?

광해 네, 맞습니다. 박정도 경사님.

정도 광해야. 너는 형님 소리가 그렇게 안 나오냐? 너 나랑 친해지기 싫구나?

광해 아닙니다.

정도 아니기는. 넌 다 좋은데 의욕이 너무 찼어.

광해 아, 아닙니다.

정도 (광해의 가슴을 두드리며) 봐 봐. 꽉 찼네. 빼, 힘 빼. 편하게, 형님 해 봐.

광해 ······.

정도 자식이 인간미가 없어.

광해 형님.

정도 형님~

광해 형님~

정도 그래, 인마. 좋네, 좋아.

광해 형님, 근데 우리가 폭주 단속까지 해야 합니까?

정도 이번에 거 뭐냐, 국제검사회의, 그거 때문에 초비상이잖냐. 애들 우습게 보지 마라. 내가 강력계에 있을 때 여러

번 죽을 뻔했거든? 이 짓 그만두고 만다, 큰소리 뻥뻥
쳤더니 말야. 서장이, 청소년 전담팀이 땡보라는 거야.
근데 이거는 하나 다를 게 없어. 애나 어른이나 별 단 놈
들, 별 달 놈들은 다 한 가지더라 이 말이야.

정도가 말을 하는 동안 광해는 주변을 둘러본다.

정도 이럴 때일수록 형님 아우 하면서 비비고 살아야, 버틸
힘도 생긴다 이거야. (멀리 떨어져 있는 광해를 보고는 짜
증을 내며) 광해야.
광해 (정도에게 다가가 진지하게) 박 경사님, 아직 별다른 정황
은 포착되지 않았습니다.
정도 아이구, 그러세요?
광해 (무대 한쪽을 보며) 어, 오토바이입니다.
정도 예, 그렇군요.
광해 수상한데요?
정도 뭐?

광해, 이미 뛰어나가고 없다.

정도 아, 저 자식은 의욕만 넘쳐. 촉을 제대로 세울 줄 모르면

팔다리가 고생이다, 자식아. 난 차에서 한숨 자야겠다. (차가 있는 쪽을 보다가) 어, 저거 뭐야? 우리 차에서 뭐 하는 거야? 어이, 이보쇼! 이봐!

정도, 나간다.
잠시 후, 두 사람은 민재와 상식이 되어 들어온다.

민재 와우!
상식 야, 저거 짭새지? 맞지? 어쩔 거야!
민재 짭새 차인 줄 알았나. 짭새랑 깍두기랑은 구분이 안 가. 어라, 노숙 찌질이가 짭새한테 우리 가리키면서 뭐라 한다.
상식 아, 저 병신 새끼.
민재 형, 나 짭새랑 눈 마주쳤다.
상식 (겁먹은 것을 애써 감추며) 근데, 뭐?
민재 어?
상식 너 죄졌냐?
민재 아니. 근데, 우리한테 오는데?
상식 지들이 오면 어쩔 건데?
민재 졸라 빽큐나 먹으라 그러지.
상식 확 대놓고 해 버려.

28

민재　레알? (형사들을 향해 주먹을 날리며) 야, 짭새들! 뻐,
　　　뻐…….

상식, 먼저 도망간다.

민재　에이 씨.

민재, 뒤따라 뛴다.
무대 곳곳을 한바탕 질주하는 둘.

상식　아직도 따라와?
민재　한 놈. 욜라 빨라. 이제 얼루 가?
상식　일단 따라와.

상식이 먼저 뛰어서 무대 밖으로 나간다.
더 빨라진 음악.
여전히 무대를 뛰어다니는 민재.

상식　빨리!
민재　형!

민재도 무대 밖으로 나간다.

음악이 멈춘다.

광해, 헐레벌떡 뛰어 무대에 등장한다.

정도는 뒤따라 천천히 걸어 들어온다.

정도 애들 놓쳤냐?

광해 죄송합니다.

정도 왜, 싹 다 잡아서 족쳐야지.

광해 어려 보이던데, 폭주 뛰려고 정찰 나온 애들 아닐까요?

정도 폭주도 안 뛰었는데, 싹 다 잡아갈까?

광해 하기 전에 미리 설득하면 좋지 않습니까.

정도 왜 사탕이라도 하나 사 들고 가서 어르고 달래 보시지.

광해 …….

정도 (표어를 읽듯) 착한 마음 고운 마음, 여린 짭새 호구 된
다.

광해 착한 게 아니라 애들을 이성적으로, 합리적으로 대하려
는 겁니다.

정도 (광해의 말을 자르며) 네, 네. 3호 터널 750미터 지점에
교통 애들 배치시킨다. 1차 방어선 어디냐.

광해 예?

정도 좀 보고 다녀라. 뭐 하러 왔는지 까먹었어? 1차 방어선

사거리 교차로, 2차 방어선 터널. 알아들었냐!

광해　예.

정도　이번 거 못 막으면 우리 배 터지도록 욕 처먹는다. 조직
　　　네임이 뭐라더라?

광해　국제검사회의 맞이 특사단입니다.

정도　국제검사회의 맞이 특사단? 아주 지랄을 한다. 지들이
　　　뭘 맞이해. 리더하는 새끼 전과가 아주 알록달록하대.
　　　대놓고 트위터에 올린 거 봐. 우리가 아주 만만하시다
　　　이거지?

광해　박경사님이 먼저 대놓고 협박하셨잖습니까. 오늘 나오
　　　면 무조건 엄벌한다고.

정도　그게 내 사탕이다. 빨고 싶으면 알아서 기어 나오겠지.

정도, 앞서 걷는다.

정도　(뒤돌아보며) 뭐 하냐, 교통과에 무전 안 쳐?

광해　아, 예.

정도　촉! 촉이 빨라야 먹고 산다고! 여기 싹 다 막아 버려.

광해　예.

정도　컵라면이라도 먹자.

광해　예.

정도 네가 사, 인마!

광해 예.

정도와 광해, 나간다.

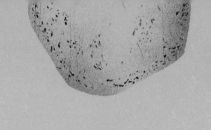

3장

◇◇◇◇◇◇

도망

◇◇◇◇◇◇

매우 거친 전자 기타 음악이 무대를 압도한다.

무대는 저녁, 한 동네의 재개발 지역.

펜스 등으로 접근 금지 지역임을 알 수 있다.

상식 뭐 해, 빨리 와!

민재 형, 여기 왜 이렇게 어두워?

상식 얼른 오기나 해.

음악이 잦아든다.

민재 (둘러보며) 오, 레알 쩐다. 여기 어디야?

상식 보면 몰라? 집이잖아.

민재 형네 집?

상식 옛날에 살던 집이라고, 븅신아.

민재 완전 구린데, 짱 박혀 있기는 짱이겠네.

상식 (펜스를 걷어차며) 전에 왔을 땐 이런 거 없었는데, 이제
싹 다 막아 놨네.

민재 여기 봐 봐. 누가 뚫어 놨는데?

상식 그러네? 야, 들어가 봐.

민재 나부터?

상식 어.

민재 형네 집이잖아.

상식 지금은 아니라고 했잖아! 옛날에도 세 들어 살았거든?

민재, 펜스 틈새로 몸을 밀어 넣다가 등을 긁힌다.

민재 아야!

상식 조용히 해. 아직 이사 안 한 사람들도 있어서, 깍두기들 들락날락 한단 말이야.

민재 깍두기들이 왜 와?

상식 왜긴 왜냐. 얼른 집 비우라고 협박하는 거지.

상식, 민재를 밀어 넣는다.

민재, 비명을 지르면서 가까스로 빠져나온다.

민재 (점퍼를 살펴보며) 아 씨. 뜯어졌잖아. 이거 형 나이키 루나보다 훨씬 비싼 거라고!

상식 어떡하냐.

민재 물어내야지.

상식 그거 나 주고, 새로 하나 사.

민재 뭐래냐?

상식 (괜히 말을 돌리며) 담배꽁초 봐. 본드까지 처불었나 봐.

민재　미친 새끼들.

상식, 자기 방이었던 곳으로 가 본다.
방에 붙은 포스터의 먼지를 닦는다.

상식　오, 아직 있다.
민재　무슨 포스터야?
상식　쇼생크 탈출.
민재　영화? 제목은 들어 봤다.
상식　찌질이. 명작도 좀 취급해.
민재　완전 재미없겠던데.
상식　졸라 재밌거든? 주인공이 열라 억울하게 쇼생크 감옥에
　　　　갇혀서, 졸라 탈출을 꿈꿔. 벽에 에로 포스터 하나 딱 붙
　　　　여 놓고는…… 쉿!

잔잔한 음악이 흐른다.
민재, 영문을 몰라 상식을 본다.

상식　이렇게 조용해지고 아무도 없을 때, 포스터를 살짝 떼어
　　　　놓고는 벽에 욜라 구멍을 파.
민재　뭘로?

상식 숟가락.

민재 숟가락? 헐.

상식 바보 같지? 근데 죽어라 파 가지고, 그 구멍이 진짜 탈
출로가 돼.

상식, 영화 속 주인공처럼 구멍을 비집고 들어가 밖으로 나오는 흉
내를 낸다.

상식 (두 손을 번쩍 치켜들며) 자유!

상식, 민재에게 손을 내민다.
음악이 왈츠의 선율로 바뀐다.

민재 자유?

둘은 손을 맞잡고 원을 그리며 무대를 돈다.

함께 자유~

사이

민재 형, 그럼 이 집이 쇼생크야?

상식 이 집뿐이겠냐. 구린 이 동네 전부가 쇼생크고, 학교는
     졸라 쇼쇼생크고.

민재 학원도 쇼생크고. 어…… 피시방!

함께 피시방은 자유!

이때, 분위기를 깨듯 문자 알림음이 울린다.

음악이 멈춘다.

민재 (휴대전화를 꺼내 확인하며) 졸라 짱 나.

상식 왜? 누군데?

민재 있어, 우리 김 집사.

상식 엄마? 뭐래는데?

민재 그냥 기도문이야. 주님하고 둘만 알면 되지, 왜 나한테
     까지 보내냐고. 아빠한텐 찍소리도 못 하니까, 말을 꾸
     역꾸역 참았다가 맨날 나한테 오바이트한다니까.

상식 쩐다.

다시 울리는 휴대전화.

민재, 얼어붙는다.

민재 형! 돼지 새끼한테 문자 왔다.

사이

민재 내 번호 어떻게 알았지?
상식 아까 짱깨! 발신 번호 찍혔나 보다.
민재 우리 어딨는지 안대!
상식 뻥치시네. 지가 어떻게 알아?
민재 형, 스쿠터 키 뽀릴 때 돼지 새끼한테 얼굴 걸렸지?
상식 말이 되냐. 얼마나 빨리 튀었는데.
민재 괜히 키는 뽀려 가지고. 좆나 허술해. 어떡할 거야?
상식 왜 나한테 그래!

이때, 경찰차의 사이렌 소리.

상식 순찰 도나 봐.
민재 일루 오는 거 아냐?
상식 아 씨. 일단 나가자.

한층 고조되고 거칠어진 음악이 흐른다.
상식, 먼저 나간다.

민재, 바닥에 떨어진 돌멩이를 발견한다.

뭔가 떠오른 듯, 몇 개를 챙겨서 나간다.

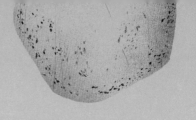

4장
그 돌의 위력

육교 위.

자동차 소리가 요란하다.

상식 바람 장난 아니다.

민재 오, 시원시원.

상식 졸라 춥구먼. 왜 일루 왔어?

민재 몰라, 더 짱 박힐 데도 없잖아.

문자 알림음이 울린다.

민재 돼지 새끼한테 또 문자 왔다. 일 분 안에 굴다리로 안 오
면 죽여 버리겠대.

상식 굴다리? 저기네. 일 분 안에 어떻게 가. 우사인 볼트도
못 가.

민재 어, 저거…… 돼지 새끼 오토바이 아냐?

상식 맞다. 줄무늬 쏭카. 쟤들, 왜 저렇게 모여 있냐.

민재 우리 다구리 할라구 친구들 델꾸 왔나 보지.

상식 아냐. 쟤네 오늘 폭주 뛰려나 보다.

민재 그럼 저 새끼들 무조건 이 다리 밑으로 지나가겠네.

상식 그러네?

민재 형, 재미 삼아 한 방 멕일까?

상식   어떻게?

민재, 주워 온 돌을 꺼내 보인다.

상식   뭐야?

민재   보면 몰라? 돌!

상식   들키면?

민재   (점퍼에 달린 모자를 쓰며) 이러면 절대 안 보여.

상식   (민재와 같이 모자를 쓰며) 콜!

'스타크래프트' 게임의 효과음이 음악처럼 흐른다.

민재   (아래를 내려다보며) 자. 돼지 저그 대, 민재와 상식 테란
         의 경기를 시작하겠습니다. 스캔 찍어 봐.

상식   (망원경을 들고 있는 흉내를 내며) 11시 방향.

민재   뭐가 보입니까?

상식   대박, 우리의 본진을 향하고 있다. 오버로드 생산 중.

민재   그럼 우리도 생산!

오토바이 소리가 들린다.
둘은 그 소리를 따라 주변을 관찰한다.

민재 이 아래는 확장을 위한 길목이므로, 돼지 저그는 정찰을 나올 때 여기를 지나가게 돼 있다.

상식 시뮬레이션 준비.

민재 오케이. 유 퍼스트!

상식 유 퍼스트!

민재 노, 노. 고삐리 먼저.

상식 겁쟁이 새끼. 잘 봐. (난간 앞에서 몸을 풀다가 상체를 낮추고는) 시저 탱크 공격 준비! 목표 지점은 가드레일. 시험 공격 개시. 쓰리, 투, 원, 발사!

상식, 돌을 던진다.

상식 (아래를 보며) 안타깝습니다.

민재 뻥까시네. 완전 빗나갔거든?

상식 완전은 아니거든?

민재 잘 봐. (숨을 가다듬고) 벌처 스피드 업! 공격 준비 완료!

상식 오, 목표 지점은?

민재 네 시 방향, 차 번호판 같긴다.

상식 오케이, 충분히 파괴 가능한 장애물로 보인다.

민재 발사!

민재, 돌을 던진다.

상식   에이, 소음 차단벽 때리고 튕겨 나오고 마는군요. 아까
      운 미네랄만 소모하고 말았습니다! 등신.

민재   다시 던지면 되지.

상식   세 시 방향이나 갈겨.

민재   벤츠!

상식   아우디도 온다!

민재   동시 공격!

상식   오케이!

함께   쓰리, 투, 원, 발사!

상식   진짜 빠르다.

민재   어? 돼지 새끼 없어졌다.

상식   어디 갔지?

민재   저기 떼거지로 오는 애들, 돼지 새끼 패거리 아니야?

상식   맞네.

민재, 짐짓 비장한 얼굴로 상식에게 돌을 건넨다.
게임의 효과음과 더불어, 긴장감이 감도는 음악이 서서히 고조된다.

민재 간다.

상식 콜!

민재 줄무늬 쏭카.

상식 줄무늬 쏭카.

함께 돼지 새끼를 향해, 발사!

민재, 돌을 던진다.

상식, 웅크리고 앉아 키득거린다.

민재를 놀리려 던지지 않은 것이다.

민재, 상식을 노려본다.

순간 음악이 멈춘다.

자동차의 급브레이크 소리.

그리고 자동차가 어딘가에 부딪히는 충격음.

찢어질 듯한 굉음이 무대를 압도한다.

둘, 한동안 말이 없다.

상식 가자.

민재 형.

상식 (주변을 둘러보며) 아무도 못 봤어.

민재 형. 내가…… 내가…….

상식 (민재의 입을 막으며) 가! 너, 아무한테도 말하면 안 돼.

알았지!

겁에 질린 민재, 상식을 따라가려 한다.

상식   저쪽으로 가라고, 병신아! 뛰어!

민재와 상식은 서로 다른 방향으로 나간다.
둘을 뒤쫓기라도 하듯, 사이렌 소리가 울려 퍼진다.

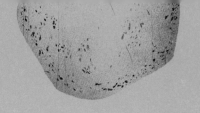

5장

수사, 그리고 공포

광해와 정도가 육교 위에 서 있다.

정도 바람 장난 아니다.

광해 오토바이하고 자동차 추돌 사고인데요. 오토바이 타던
애는 자동차 옆문에 살짝 부딪혀서 타박상만 입었습니
다. 자동차 운전자는 오토바이와 부딪히고 난 뒤에, 가
드레일을 박고 50미터나 더 가서 사망한 채로 발견됐습
니다. 특이 사항은 운전자가 앞 유리를 관통한 돌에 맞
아, 안구가 함몰됐다는 점입니다.

정도 그러니까 그놈들이 폭주 뛰면서 돌까지 던져 가지고 운
전자가 사망했다, 이 말 아니야. 이 새끼들.

광해 그런데 말입니다. 돌이 앞 유리를 관통했다는 겁니다.
차량보다 앞에 있던 오토바이 운전자가 돌을 던졌다는
거지요. 이상하지 않습니까? 던진 돌이 차 앞 유리에 금
정도는 낼 수 있겠지만, 유리를 뚫고 사람의 안구를 함
몰시킬 정도의 위력이 될까요?

정도 듣고 보니 그러네. 그 돌은 뭐지?

광해의 휴대전화가 울린다.

광해 (통화를 끝내고는) 목격자 진술 확보됐습니다. 여기 육교

에서 누가 도망가는 걸 봤다고 합니다.

정도 여기서? (생각이 떠오른 듯) 너 내려가서 돌 몇 개 집어서
     올라와.

광해 예.

둘, 나간다.
그리고 정도가 상식이 되어, 무대 다른 쪽으로 힐레벌떡 뛰어 들어
온다.

상식의 집.

상식 엄마? 엄마? 엄마! (문을 닫으며) 엄마, 좀 있으면 안 돼?

상식의 반대편에서 민재가 등장한다.

민재 (관객을 향해) 집 앞까지 갔는데 들어갈 수가 없었어요.
     내가 말하면 엄마는 울 게 뻔했고, 결국 아빠도 눈치를
     채고 말 테니까요. 전 다시 육교 근처로 갔습니다. 짭새
     들이 수사하고 있는 걸 숨어서 지켜봤어요.

민재, 순식간에 광해로 변한다.

그리고 상식도 정도가 되어 들어온다.

정도   야, 거기 빨리 차량 통제 시켜.

광해   네!

광해, 고가 다리로 올라간다.

광해   만약 그 애가 여기서 돌을 던졌다면, 운전자가 돌에 맞
아 사망한 건지, 아니면 앞 유리에 돌이 떨어지자 반사
적으로 핸들을 꺾어서 충돌한 뒤에 죽은 건지…… 사망
시점이 확실하지 않은 게 됩니다.

정도, 돌을 던진다.
쿵!
생각보다 엄청난 충격음이 울린다.
둘, 놀란다.

광해   차량 실험 준비하겠습니다.

광해가 나갔다가 민재가 되어 들어온다.
민재, 정도가 나가는 것을 지켜본다.

정도가 인기척을 느끼고 돌아보자, 민재가 급히 몸을 숨긴다.

민재 (관객을 향해) 난 내가 누굴 죽일 수 있을 거라고는 상상
도 못 해 봤어요. 난 고작 열네 살이니까요. 근데 형사가
던진 돌이 쿵 하고 떨어지는 순간, 심장이 멎을 것 같았
어요. 그 남자는 왜 돌을 못 피한 거죠?

사이

상식이 휴대전화를 귀에 대고 민재의 반대편에 나타난다.
민재, 울리는 휴대전화를 한동안 바라본다.
조심스럽게 전화를 받는다.

민재 어? 누구? 형?
상식 나라고. 생까냐?
민재 왜?
상식 왜긴 왜야. 너, 어디야?
민재 (주위를 둘러보다가) 형은 어딘데?
상식 피시방.
민재 허. 게임이 하고 싶디?
상식 게임 같은 소리 하고 자빠졌네.

민재 인터넷 봤어? 혹시 기사 나왔어?

상식 어. 조그맣게. 너, 집 아니지? 어디야?

민재 어…….

상식 혹시…… 너 거기지? 거기 갔지!

민재 어.

상식 미쳤냐? 걸어.

민재 어?

상식 아무렇지 않게 천천히 걸어.

민재 있잖아. 지금 형사들이…….

상식 닥치고 내 말이나 들어. 너 학교 일찍 들어갔댔지? 그니
      까 아직 만으로 열셋이잖아. 그치?

민재 어.

상식 너, 촉법소년이야.

민재 그게 뭔데?

상식 처벌 안 받는다고. 인터넷에 그렇게 나와 있어.

사이

민재 형은?

상식 난 걸리면 끝장이지. 전화, 빌린 거라서 이제 끊어야 돼.
      아까 갔던 옛날 우리 집으로 와. 무조건, 지금 당장. 알

았지?

민재, 먼저 전화를 끊는다.

상식 여보세요? 여보세요? 야, 김민재!

민재, 육교 쪽을 올려다본다.

민재 (관객을 향해) 촉법소년. 그 단어가 내게 이상한 힘을 주
       었나 봅니다. 난 집으로 갔고, 아빠와 마주 앉았습니다.
       그리고…….

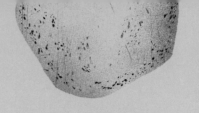

6장

자백과 취조

취조실.

민재가 의자에 앉아 있고, 정도가 그를 압박하듯 주변을 서성인다.

정도 그러니까 네가 돌을 던졌다?

민재, 불안한 눈빛으로 계속 무대 밖을 본다.

정도 너네 아버지 어디 안 가.

민재 차라리 가면 좋겠어요.

정도 (민재의 얼굴을 가리키며) 아버지한테 맞았나?

민재 …….

정도 혼자서 던졌어?

민재 (머뭇거리다가) 네.

정도 확실해?

민재 (머뭇거리다가) 저, 어떻게 되는 거예요?

정도 혼자 한 거 아니지?

민재 저, 벌 안 받는 거 맞아요?

정도 야 인마! 그렇게 벌 받는 게 무서운 놈이, 왜 사고 칠 때
는 아무 생각이 없는 거냐! (숨을 고르며 애써 다정한 목소
리로) 아저씨가 다시 물어볼게. 같이 한 친구가 누구야?

민재 (울먹이며) 엄마…….

정도   아, 이 자식. 이름을 대라니까.

정도, 순식간에 상식으로 변하여 무대 한쪽 구석으로 간다.
조명이 상식이 서 있는 곳만을 비춘다.

상식   (관객을 향해) 알아요. 그 자식은 안 올 겁니다. 제가 바
       보예요. 그 얘길 하지 말았어야 했는데……. 일단 안심
       시킨 뒤에 같이 기다려 보자고 달래려고 했던 건데…….
       그 자식 벌써 엄마 손 꼭 잡고 경찰서 갔을지도 몰라요.
       (사이, 주변을 둘러보며) 내가 꼭 이 집 같아요. 쓸모없고,
       더럽고, 캄캄하고, 텅 비고……. 뭔가 달라졌다는 느낌
       이 들어요. 더 이상 예전처럼 살 수 없을 거 같다는…….
       (다시 주변을 둘러보며) 얼마 뒤면 여긴 몰라보게 달라질
       거예요. 깨끗하고 멋지고 환해지겠죠. 나도 달라지긴 했
       는데, 그렇게는 안 될 거 같아요.

사이

조명이 취조실을 비춘다.
민재와 상식은 정도와 광해로 바뀌었다.
강압적인 정도와 애써 부드러운 태도의 광해가 대조적이다.

정도 그날 저녁 9시경에 어디 있었지?

광해 둘은 언제부터 함께 있었니?

정도 정확하세. 몇 시부터?

광해 이름이 뭐니?

정도 나이?

광해 어디에 사니?

정도 그 동네가 다 너희 집이냐? 상세하게!

광해 거기로 왜 갔니?

정도 누가 먼저 돌을 던지자고 한 거냐?

광해 돌은 몇 개나 가지고 올라갔어?

정도 목표물이 자동차였지?

광해 처음부터 자동차를 맞힐 생각은 아니었던 거지?

정도 넌 몇 대를 맞혔냐?

광해 넌 몇 대를 맞혔어?

정도 마지막 돌은 누가 던졌어?

광해 확실해?

정도 이름?

정도가 상식으로 바뀐다.

상식   이상식.

광해   나이?

상식   만으로요?

광해   인마.

상식   열여섯이오. 만으로는 열다섯.

광해   (화를 삭이며) 둘만 있었던 거 확실하니?

상식   네.

광해   누가 시키지는 않았다?

상식   네.

광해   돌은 어디서 났지?

상식   재개발 구역 폐가에서요.

광해   거긴 왜 갔어?

상식   그냥요.

광해   마지막 돌, 네가 던졌니?

상식   아니요.

광해   (민재가 앉았던 의자를 가리키며) 쟤가 던졌니?

상식   (의자를 바라보다가) 네. 이 질문에 백 번은 대답한 거 같아요. 왜 같은 걸 계속 물어요?

광해   정확한 경위를 알아야 하니까.

상식이 정도로 바뀐다.

광해는 민재로 바뀐다.

정도   당시 상황을 다시 말해 봐.

민재   아까 다 말했잖아요.

정도   오토바이 탄 애가 미웠어?

민재   저는 뭐⋯⋯. 당한 건 저 형이니까요.

정도   저 형은 그 애를 죽이고 싶다고 했냐?

민재   잘 모르겠어요. 그런 말은 안 한 거 같은데요.

정도   어쨌든 복수하려고 그런 거잖아?

민재   질문이 복잡해요.

정도   뭐가 복잡해?

민재   복수하고 싶었다, 죽이고 싶었다, 그 말이 듣고 싶은 거 아니에요?

정도   질문할 자격이 너한테 있다고 생각하냐? 대답만 해. 알았어?

민재   네.

사이

민재가 광해로 바뀌어, 정도의 팔을 잡아 구석으로 데려간다.

62

광해 너무 몰아붙이시는 거 아닙니까?

정도 살인 사건이야.

광해 그래도…….

정도 광해야. 네가 상담사냐? 애들은 처음부터 겁 팍 줘야 해. 안 그러면 재들 나중에 꼭 다시 들어온다. 내기할래?

광해 박경사님.

정도 하해와 같은 네 마음이 얼마나 가는지 어디 한번 테스트해 보셔.

정도가 상식으로 바뀐다.

광해 소변 다 봤으면 앉자.

상식 네. 우리 엄마 아직 연락 안 돼요?

광해 (고개를 끄덕이며) 네가 다시 전화해 볼래?

상식 됐어요.

광해 다시 물어볼게. 오토바이를 맞히려다가 차를 맞힐 수도 있다는 생각은 안 해 봤니?

상식 못 했어요.

광해 (억지로 참으며) 말이 되니? 폭주 뛰는 애들이 차 사이로 묘기하듯이 왔다 갔다 하고 있는데?

상식 (피식 웃으며) 그러네요. 말이 안 되네요.

광해 (화를 내며) 웃어?

상식 아니요.

싱식이 정도가 되고, 광해는 민재가 된다.

정도 왜 처음엔 너 혼자 했다고 했지?

민재 그냥요.

정도 그렇게 말하라고 저 형이 시켰냐?

민재 아니요.

정도 (상식이 앉았던 의자를 가리키며) 쟤가, 마지막 돌은 네가
던졌다던데 맞아?

민재 (의자를 한동안 보다가) 네.

민재는 광해로, 정도는 상식으로 바뀐다.

광해 같이 던지기로 하고 너는 왜 빠졌지?

상식 그냥요.

광해 왜! 폭주족 녀석이 괴롭혀 온 건 너잖아?

상식 네.

광해 쟤가 촉법소년인 거 알고 있었지?

상식 나중에요.

광해 재한테 던지라고 네가 시켰어?

상식 아니요. 아니에요! 아저씨가 듣고 싶은 대로 대답해 드려요?

광해 사실대로만 말하면 돼.

다시 광해는 민재로, 상식은 정도로 바뀐다.

정도 돌은 몇 개나 가져갔지?

민재 몰라요.

정도 몇 개? 다섯 개?

민재 네.

정도 열 개?

민재 대충.

정도 스무 개?

민재 몰라요.

정도 스물다섯 개?

민재 …….

정도 몇 개야?

민재 모른다구요!

사이

상식과 민재가 된 두 사람, 무대 구석으로 뛰어간다.

상식 지 꼰내들 열나 짜쳐.

민재 질문도 열나 구려.

상식 김민재, 너 좆나 까칠하더라.

민재 유투~

상식 미투~

둘이 같이 키득거리다가 관객을 향해 선다.

상식 우리가 벌써 인터넷에 떴대요. 십대 소년 둘, 돌 투척으로 사십대 운전자 사망.

민재 겁 없는 십대들 철없는 범죄, 촉법소년 나이 규정 이대로 좋은가, 등등.

상식과 민재, 정도와 광해가 된다.

정도 김민재는 자수가 참작되었으며, 보호자의 요청에 따라 귀가 조치한다. 하지만 내일 다시 출두해서 추가 조사에 응한다. 그다음 소년 법정에 서게 된다.

광해 이상식은 유치장에서 대기한다. 구속 영장이 신청될 예정이다. 검찰 심사와 법원 심사를 거쳐서 영장 발부 여부가 결정되고, 영장이 발부되면 검찰에 송치된다.

정도가 상식이 된다.

상식 형사님. 무슨 말인지 하나도 모르겠어요.
광해 잘 들어. 그러니까…… 이제 너희 둘은 절대로 만나면 안 돼.

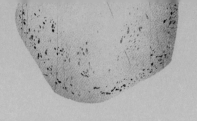

7장

꿈속의 도망

무대 양쪽에 민재와 상식이 있다.

집으로 돌아간 민재, 그리고 유치장에 남아 있는 상식이다.

민재 (관객을 향해) 엄만 날 데리고 교회로 갔어요. 들어서자
마자 예상대로 엄마는 무릎을 꿇고 엉엉 울었어요. 억
지로 날 꿇어앉혔죠. 무릎이 아팠어요. 엄마가 기도했어
요. "주님 이 아이를 벌하소서. 어쩌고저쩌고……." 엄마
의 기도를 들을 때마다 신기해요. 어쩜 저렇게 말이 술
술 나올까. 주님이 일용할 양식을 주는 게 아니라, 일용
할 말을 내려 주는 게 아닐까 싶었죠. 실은 나도, 주님의
바짓가랑이를 붙잡고 용서해 달라고 말하고 싶었어요.
근데 애써 나를 벌하라고 기도하는 엄마가 너무 미웠어
요. 어쨌든 주님이 날 용서한다 해도 죽은 아저씨는, 그
가족은 절대 날 용서하지 않을 거예요. 알아요, 그게 제
일 무서운 일이라는 거. 하지만 당장은 졸렸어요. 내 방
에서 문 걸어 잠그고 푹 자고 싶었어요. 너무 긴 하루였
어요.

민재, 이내 곯아떨어진다.

한편, 유치장에서 깊은 잠에 빠진 상식.

사람들의 말이 잠든 그들을 공격한다.

(왕따 새끼, 살인자, 처벌이 너무 약한 거 아닌가요?, 언제 철드냐, 부모는 뭐 했대?, 애들이잖아요, 애들이면 다야?, 애나 어른이나 쓰레기는 소각로로, 피해자 가족은 어떡해? 등등.)

꿈속.
둘은 일어나 움직이기 시작한다.

민재 어디 가?

상식 알 거 없잖아. 넌 어디 가?

민재 알 거 없잖아.

상식 배신자.

민재 네가 같이 던졌다면 난 덜 무서웠을 거야.

상식 내가 같이 던졌어도 넌 자수했을 거야.

민재 내가 자수 안 했어도 우린 잡혔을 거야.

상식 네 아가리를 찢어 놓고 싶어.

민재 네 다릴 아작 내고 싶어.

상식 오기만 해 봐.

민재 가기만 해 봐.

둘은 만나려고 하지만, 번번이 엇갈린다.

상식   왜 우리 안 만나지는 거야?

민재   왜 우리 안 만나지는 거야?

상식   우리 둘 다,

민재   돌을 던지지 않았다면?

상식   그랬다면…….

민재   그랬다면…….

상식   그냥 돌아가자.

민재   그러자.

둘, 서로의 자리로 돌아가려 애쓴다.

민재   왜 우리,

상식   돌아갈 수 없는 거야?

민재   여기가,

상식   어디지?

무대 위에 알 수 없는 그림자가 생긴다.

그림자가 천천히 둘에게 다가간다.

공포에 휩싸인 둘은 다시 서로에게 다가가려 애쓴다.

민재   저 사람 보여?

상식 너도 보여?

함께 누구지?

상식 발이 커.

민재 엄청. 이리 와.

상식 가고 있잖아. 네가 좀 와.

민재 내가 어디 있는데?

상식 나는 어디 있는데?

사이

상식 저게 날 삼키려고 해.

민재 날 삼키려고 해.

상식 널 덮쳤으면 좋겠어.

민재 널 덮쳤으면 좋겠어.

함께 널 덮쳤으면 좋겠어.

둘, 그림자로부터 도망치듯 달린다.

하지만 제자리에서 한 발자국도 나아가지 못한다.

상식 우리 달리고 있는 거 맞아?

민재 바람이 안 불어.

상식 입김도 안 나.

민재 어떡해?

상식 그래도 뛰어.

둘, 눈물을 흘리며 전속력으로 뛴다.

무대 천천히 어두워진다.

둘, 쓰러진다.

사이

상식, 신음 소리를 내며 벌떡 일어난다.

상식 (앞을 살피며) 엄마?

사이

상식 (관객을 향해) 새벽이 돼서야 엄마가 왔어요. 촌티 줄줄
몸뻬 바지에 전대까지 차고서. 물건 들어오는 날이라 정
신이 없었대요. 쪽팔렸어요. 왜 여기 있냐고 엄마가 자
꾸 물어요. 다 듣고 왔을 거면서. 묻는 게 아니라 화내
는 거였죠. 난 뒤돌아 앉아서 비아냥거렸어요. "걱정 마.

내일 여기서 나갈 거야. 검찰로 옮겨진대. (사이) 이빨에 고춧가루 꼈어." 엄마가 코웃음을 치면서 차갑게 날 불렀어요. "이상식." 돌아앉을 수가 없었어요. 엄마의 말이 내 등을 찔렀어요. "차라리 얻어터지고 다닐 때가 나았다. 인간쓰레기보다야 바보 등신이 낫지." 순간 내 등이 후끈거렸다가, 내 눈이 시큰거렸다가, 내 온몸이 차가워졌어요. 난 아무 말 하지 않았어요.

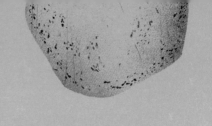

8장

◇◇◇◇◇◇◇◇◇◇◇◇◇◇◇

여론 재판

◇◇◇◇◇◇◇◇◇◇◇◇◇◇◇

민재와 상식이 각자의 소환장을 들고 무대 앞쪽으로 나와 나란히
선다.

민재 소환장. 서부지방법원. 형사과 소년부. 사건 번호 2014
다 101 과실 치사 등.

상식 교통 방해 등.

민재 보호 소년 김민재.

상식 보호 소년 이상식.

민재 위 사건에 관하여 조사 심리할 사항이 있으니 2014년
모월 모일 11시 제199호 법정에 보호자 및 보호 소년과
함께 출석하시기 바랍니다.

상식 정당한 사유 없이 소환에 응하지 아니할 때에는 동행
영장을 발부할 수 있습니다.

둘, 소환장을 뚫어지게 바라본다.

사이

민재 읽고,

상식 또 읽었습니다.

민재 조사는 알겠는데, 심리는 뭐지? 심리 테스트 하는 건가?

상식 소환, 심리, 동행 영장. 낯선 단어들을 모조리 사전에서 찾아보았습니다.

민재 뉴스에 나왔던 재판장을 떠올려 보았습니다.

상식 이 종이에서 이미 탕탕탕, 재판관의 망치 소리가 들리는 것 같았습니다.

민재 우린 기다려야 했습니다.

상식 심리가 열리는 날까지.

민재 우린 집 밖으로 나올 수 없었습니다.

상식 미리 감금된 것이죠. 엄마에 의해서.

민재 폰, 컴 전부 뺏겼죠. 답답해 죽을 거 같았어요.

상식 차라리 빨리 법정에 섰으면 하는 생각이 들기도 했죠.

함께 그런데…….

민재와 상식, 광해와 정도로 바뀐다.

정도 갑자기 심리 기일이 연기됐습니다.

광해 이런 일은 극히 드물죠.

정도 인터넷이 들끓기 시작한 겁니다.

광해 사람을 죽이고도 솜방망이 처벌이 예상된다니 말이 되는가.

정도 애들이 사람 잡네.

광해 실시간 검색 순위 1위 촉법소년, 2위 촉법소년과 범죄
       소년의 차이.

정도 촉법소년은 법을 저촉한 소년이 아니라,

광해 법을 콕콕 찔러 빈틈으로 쏙쏙 빠져나가는 약삭빠른 소
       년 아닌가.

정도 등등.

둘은 다시 민재와 상식으로 바뀌어 각각 무대 양쪽 구석으로 간다.

상식 우린 몰래 집에서 빠져나왔습니다.

민재 만날 수는 없었죠.

상식 엄마가 오기 전에 얼른 들어가야 했으니까요.

민재 피시방에서 메신저를 하기로 했습니다.

사이

상식 모자를 꾹 눌러 쓰고 단골 피시방으로 갔습니다. 사장
       아저씨가 날 힐끗 쳐다보더니 인사를 하지 않았어요. 난
       쭈뼛거리면서 구석 자리로 갔습니다. 컴퓨터를 켰어요.
       부팅 시간이 그렇게 긴지 몰랐어요. 동네 애들이 날 보
       고 수군대는 소리가 들렸어요. (귀를 막으며) 컴이 돌아

가며 윙윙대는 소리까지…….

민재 인터넷을 보고 깜짝 놀랐습니다. 기사 댓글에 어떤 녀석
이 날 안다고, 같은 학교 학생이라고 써 놓았더군요. 꼰
대가, 학교 망신 다 시킨다면서 내가 몇 반 누군지 알려
줬다고 했어요. 메신저를 켜고 기다렸습니다. 한참을 기
다렸지만…….

상식이 먼저 나간다.
이어, 민재도 나간다.

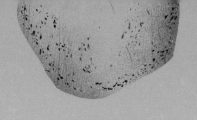

9장

◇◇◇◇◇◇◇

논쟁

◇◇◇◇◇◇◇

중국 음식점.

정도와 광해가 들어와 의자에 앉는다.

정도 광해야, 고생했다.

광해 형님도 고생하셨습니다.

정도 오늘 배 터지게 먹자. 내가 쏜다! 여기 짜장면이 죽인다. (종업원을 향해) 짜장면 곱배기 두 개!

광해 저 종업원 미성년자 같은데, 지금 학교에 있어야 할 시간 아닌가요?

정도 또, 또, 또. 냅둬라. 남의 장사에 네가 왜 신경 쓰냐?

광해 그래도 미성년자를 이 시간에 쓰는 건…….

정도 그냥 냅둬! 사람 죽이고도 멀쩡히 돌아다니는 놈들도 있는데, 용돈 벌자고 알바하는 게 뭔 대수냐.

광해 형님!

정도 뭐, 인마! 밥 먹으러 왔으면 밥이나 먹자. (종업원을 향해) 여기 짜장면 빨리 안 줘?

광해, 여전히 못마땅한 얼굴이다.

정도 얼굴 펴라. 너는 의욕이 너무 앞서.

광해 그게 아니라……. (정도의 눈치를 살피며) 아닙니다.

정도 아니긴 뭐가 아니야, 인마? 이번 애들 건도 그래. 네가 무슨 상담사야? 너 형사야, 형사.

광해 형님, 제 말 좀 들어 보세요. (일어나서 의자를 뒤로 빼며) 누가 의자에 앉으려고 하는데, 애들이 장난으로 의자를 뺐어요. 사람이 넘어져요. 애들은요, 그런 장난 치면서 그냥 재밌다고 웃어요. 지난번 개네두요, 똑같은 애들입니다.

정도 뭐래는 거야? (벌떡 일어나 의자를 빼며) 의자를 뺐어. 넘어졌어, 다쳤어, 죽었어. 그럼 당연히 책임을 져야지. 열세 살, 열다섯 살짜리가 그게 얼마나 멍청한 짓인지 모르겠냐? 그런 짓을 하면 어떤 결과가 생기는지, 알고 느껴야 하는 나이라고.

광해 그럼 의자를 잡아 뺀 죄로, 어른하고 똑같이 감옥에 처넣어야 한다는 말씀입니까?

정도 내 말은, 어쨌든 개들은 유죄다 이거야.

광해 개네가 던진 돌이 차에 맞지만 않았어도 장난으로 끝났을 일이에요.

정도 사람이 죽었어. 그게 중요해!

광해 평범한 애들이잖아요. 범죄 경력이 있던 애들도 아니구요.

정도 한 녀석은 수시로 괴롭힘을 당하고 있었으니까, 평범하지는 않지.

광해 그러니까요, 억울했던 거죠, 분했던 거죠.

정도 눈에는 눈 이에는 이, 당한만큼 갚아 준다? 그럼 중간에 껴서 죽은 운전자만 더럽게 재수 없는 거네? 너, 그 피해자 마누라 못 봤냐? 억울하고 분한데 어디 하소연할 데는 없고, 앞으로 자식들 데리고 살 날 생각하니까 막막하고.

광해 가해자를 엄벌한다고 해서 피해자의 분노와 슬픔이 사라지는 건 아니잖아요.

정도 가해자를 이해한다고 해서 범죄까지 이해할 수 있는 건 아니잖습니까. (달래듯) 인마, 네가 그런 걸 왜 신경 써. 사건이 일어났고, 사람이 죽었어. 그럼 유죄지.

광해 형님.

정도 (짜증을 내며) 형님은 얼어죽을! 너 앞으로 꼬박꼬박 박 경사님이라고 불러! 왜 이렇게 답답하게 굴어? 그래, 그럼 이참에 한번 물어보자! (관객에게) 저기요, 사람이 죽었어요. 그럼 죽인 놈은 유죕니까, 무죕니까?

광해 그렇게 간단한 문제가 아니잖아요.

정도 복잡할 게 뭐가 있어?

광해 (단호하게) 우린 지금, 두 아이의 인생에 대해서 이야기하고 있는 겁니다.

사이

정도 만약에 그 죽은 운전자가 네 아버지면? 누가 던진 돌에 재수 없게 맞아서 차 앞 유리가 깨지고, 안구가 함몰되고, 가드레일 받아서 50미터나 질질 끌려가다가 죽었어. 그게 네 아버지면?

광해 그 아이가 박경사님 열네 살짜리 따님이라면요? 그 따님이 육교에서 돌을 던진 거라면요? 그 애가 갑자기 집에 와서, 아빠 나 사람을 죽였어, 그렇게 말한다면요?

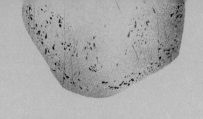

10장

심리

무대 한쪽에서 광해가 등장한다.

광해 언론의 지나친 관심을 피하기 위해 한 달 후 심리가 열
렸습니다. 심리는 보호자와 아이, 그리고 변호사만 두고
비공개로 진행되었습니다.

광해, 민재로 변한다.
상식도 들어온다.
둘, 모자를 꾹 눌러쓰고는 다소 겁에 질려 주변을 살핀다.

민재 제가 먼저 재판을 받았습니다.
상식 며칠 뒤에 저도 재판을 받았습니다.

사이

민재 법정 출입문 앞에서.
상식 발이 떨어지지 않았습니다.
민재 소년 법정은 아주 작았어요.
상식 보는 사람들이 없어서 다행이었습니다.

탕, 탕, 탕. 재판 시작을 알리는 소리.

무대는 법정이 된다.

망치 소리에 아이들은 정신이 번쩍 든다.

민재 판사님은 생긴 게 꼭 저승사자 같았어요.

상식 목소리는 부드러웠어요.

민재 (눈치를 살피며 조심스럽게 손을 들어) 저기, 판사님. 있잖
아요. 소리가 너무 커서 심장이 너무 크게 뛰어요. 마이
크 안 써도 잘 들릴 거 같은데요. 아야! (팔을 주무르며)
아빠가 제 팔을 엄청 세게 때렸어요.

상식 민재는 변호사도 있었지만, 전 엄마랑 둘이 갔어요.

상식, 고개를 숙인다.

재판관의 말을 듣고 있는 듯, 시간이 흐른다.

상식, 다시 고개를 든다.

상식 네? 왜 자수를 안 했냐 하면……. (훌쩍이며) 판사님, 그
러니까…….

민재 (옆에 대고 속삭이듯) 엄마, 그만 좀 울어. (관객을 향해)
밖에서부터 엄마가 울어서 내가 들어오지 말라고 했는
데, 아빠가 기어이 데리고 들어왔어요. 변호사 말이 부
모의 안정적인 보호 능력을 확실하게 보여 줘야 한대나

뭐래나.

상식 (눈물을 닦으며) 가출요? (관객을 향해) 당연히 있었죠. 근데 엄마가 무슨 소리냐고, 그런 거 할 줄도 모르는 애라고 태연하게 연기를 하더라구요. 그래도 판사는 뭔가 미심쩍은 눈빛이더군요. 엄마가 너무 바빠서 나를 보호하기 힘들지 않겠느냐고 판사가 물었어요. 엄만, 내가 학교에서 돌아오기 전에 무조건 장사를 끝낼 거라고 하나 마나 한 약속을 기어이 하더군요.

사이

함께 (화들짝 놀라) 네? 네…… . 맞아요. 다 맞아요.

사이

탕, 탕, 탕.
무대가 눈이 시리도록 밝아진다.
상식과 민재는 정도와 광해가 된다.

정도 이상식. 보호 처분 4호. 자수를 하지 않은 점, 보호자의 경제적 능력으로 보아 보호 능력이 다소 미약하다는 점

등을 들어 1년 간 보호 관찰관의 단기 보호 관찰을 명한
다.

광해 김민재. 보호 처분 2호. 가정 법원이 명한 기관에서 선
도를 목적으로 하는 80시간의 강의를 수강한다.

정도와 광해, 상식과 민재로 바뀐다.

상식 살았다, 어쨌든 소년원에는 안 가!
민재 어쨌든 우린 어디에도 안 끌려 가!

만세를 외치던 둘이 갑자기 멈춰 선다.
누군가를 발견한 듯, 얼어붙는다.

상식 복도에 한 아줌마가 서 있었어요.
민재 날 가만히 쳐다봤어요.
함께 누군지 알 거 같았어요.
민재 나도 가만히 아줌마를 쳐다봤어요. 화를 내지도 울지도
않는 그 눈을.
상식 난 그 눈이 싫었어요.

상식, 뛰어나간다.

민재 그 눈에 많은 말이 들어 있는 거 같아서, 난 귀를 막았어
요. 이제 이곳을 나가면 내 귀는 터져 버릴지도 몰라요.

사이

돌이 떨어지는 소리.
민재, 귀를 막고 그 자리에 계속 서 있다.

암전.

에필
로그

잔잔하면서도 무거운 음악이 흐른다.

민재와 상식, 무대 양쪽에 나와 선다.

민재　이제 우린 더 이상 뛸 이유가 없을지도 모른다.

상식　혹은 더 빨리 뛸 이유를 만들게 될지도 모른다.

둘은 서로를 바라본다.

달라져 버린 서로를…….

둘은 떨어진 채로, 천천히 원을 그리며 돈다.

점점 빠르게 걷다가, 달리다가, 서로 다른 방향으로 나간다.

〈소년이그랬다〉남인우 연출, 2011년 11월, 백성희장민호극장(사진:이도희)

"그날도 우린 별 이유 없이 어슬렁거렸고,
심심하면 이유를 만들어 뛰기도 했다.
그냥 그랬을 뿐이다." _'프롤로그'에서

〈소년이그랬다〉 남인우 연출, 2013년 5월, 백성희장민호극장 (사진:임영환)

"안타깝습니다."
"뻥까시네. 완전 빗나갔거든?"
"완전은 아니거든?"
"잘 봐. 벌처 스피드 업! 공격 준비 완료!" _본문 44쪽

〈소년이그랬다〉 남인우 연출, 2011년 11월, 백성희장민호극장(사진:이도희)

"가자."
"형."
"아무도 못 봤어."
"형. 내가…… 내가……."
"가! 너, 아무한테도 말하면 안 돼. 알았지!" _본문 46~47쪽

〈소년이그랬다〉 남인우 연출, 2012년 7월, 경주예술의전당 (사진:김호근)

"배신자."
"네가 같이 던졌다면 난 덜 무서웠을 거야."
"내가 같이 던졌어도 넌 자수했을 거야."
"내가 자수 안 했어도 우린 잡혔을 거야." _본문 71쪽

〈소년이그랬다〉 남인우 연출, 2012년 7월, 경주예술의전당 (사진:김호근)

"저기요, 사람이 죽었어요.
그럼 죽인 놈은 유쵑니까, 무쵑니까?"
"그렇게 간단한 문제가 아니잖아요."
"복잡할 게 뭐가 있어?"
"우린 지금, 두 아이의 인생에 대해서
이야기하고 있는 겁니다." _본문 86쪽

〈소년이그랬다〉 남인우 연출, 2012년 6월, 경기도문화의전당 (사진:김호근)

"복도에 한 아줌마가 서 있었어요."
"날 가만히 쳐다봤어요."
"누군지 알 거 같았어요."
"나도 가만히 아줌마를 쳐다봤어요.
화를 내지도 울지도 않는 그 눈을."
"난 그 눈이 싫었어요." _본문 93쪽

'경계–인'으로서의 청소년,
하나의 돌멩이로 흔들린 삶

최기숙(연세대학교 국학연구원 HK교수)

『소년이 그랬다』는 호주의 극작가 스테포 난쑤와 톰 라이코스의
작품 『The Stones』(1996년 초연)를 한현주 작가가 한국적 상황에 맞
게 개작한 작품으로, 2011년 남인우 연출가가 국립극단 무대에 올
렸다. 외국 원작의 작품이 한국의 극작가에 의해 개작되어 무대에
올라가기까지의 과정에서 국립극단 어린이청소년예술교육팀이 주
관하는 여러 차례의 주제 구성과 감성 콘셉트 회의를 거쳤다.

원작의 취지에 담긴 청소년의 심리와 성향, 일탈과 충동, 그들이
현실과 관계 맺는 방식, 또한 그들을 바라보는 사회와 법적 시선이
함축하는 문제의식을 함께 고민하는 시간이 필요했다. 그 과정에서
한국이라는 공간적 특징을 살려 오늘날의 청소년 문제로 접근하기
위한 방향을 찾아보려고 했다.

이 과정에 참여한 한현주 작가는 온전히 자기 색깔을 유지하며

작품을 완성했다. 다만 실제 청소년의 말투와 단어 선택, 화법 등에 관해 예술교육팀에서 하는 청소년과의 협력 작업의 도움을 받았다. 욕설과 은어조차 세대 정체성을 표현하는 사회적 탈출구인 청소년들의 세계를 이해하는 것을 시작으로, 이 작품은 한국적 상황에 맞는 작품으로 재구성되어 무대에 올려졌다.

순식간에 변하는 역할놀이: 소년-탈주자 vs 형사-추적자

이 작품은 민재와 상식이라는 두 명의 청소년을 연기하는 남자배우가 정도와 광해라는 두 명의 형사 역할을 동시에 한다는 특징이 있다. 배우들은 순식간에 약간의 장치를 통해 소년에서 어른으로, 학생에서 형사로 정체를 바꾸어야 한다. 그것이 '순식간'에 이루어진다는 것은 놀랍도록 흥미롭고 경탄스러운 재미를 주지만, 동시에 양자의 간극이 단지 모자를 쓴다든지, 옷의 지퍼를 올린다든지 하는 간단한 장치만으로도 허물어진다는 상징적 의미를 전달한다. 소년에서 어른으로의 변모는 그저 겉으로 보이는 장치의 차이에 불과할수도 있다는 것을, 배우들의 순발력 있는 연기가 하나의 메시지처럼 무대 위에서 표현되어야 한다.

생각해 보면 소년과 어른의 차이는 그다지 멀지 않은지도 모른다. 어른은 자기가 살았던 소년기를 온전히 자기 안에서 떨쳐 버린다거나 극복한 것이 아니라, 다만 그것을 끌어안고 조금씩 어른다운 요소를 자신의 가장 바깥으로 내보여, 타인에게 어른으로 인정받는 기

술적인 방법을 훈련했는지도 모른다. 이 연극을 보는 동안 소년과 어른, 학생과 형사의 차이와 간극의 미미함에 대해 생각해 보지 않을 수 없다.

'소년-탈주자'와 '형사-추적자'라는 차이는 단지 하나의 몸에서 발생하는 시차일 뿐이며, 어쩌면 그 시차조차도 기억 속에서는 한데 합쳐져서 완전히 분리해 내기 어려운 하나의 몸체일지도 모른다. 민재와 상식의 우정 어린 다툼과 은근한 기 싸움, 신참인 광해를 길들이려는 정도의 노골적인 자부심과 혈기 왕성한 광해의 정의감이 보여 주는 거리는 그다지 멀지 않아 보인다. 어쩌면 그것은 인간관계의 가장 근본적인 패턴을 차이 없이 보여 주는 하나의 상징기호처럼 무대 위에서, 소년과 어른을 가르고 합하는 여러 갈래의 대사를 통해 퍼즐 맞추기를 시작한다.

단지 장난을 쳤을 뿐인데 사건이 되었다

민재와 상식은 육교 위에서 게임을 시작한다. 평소에 난폭하게 위세를 떨며 자신을 괴롭히던 동급생이 오토바이를 타고 지나치는 곳에 자리를 잡고서, 재미 삼아 곯려주기 위해 육교 위에서 돌멩이를 던진다. 그것이 계기가 되어 아래를 지나던 자동차의 유리가 깨진다. 자동차는 오토바이와 추돌사고를 일으킨다. 원래 혼내 주려고 한 아이는 무사하고, 모르는 운전자가 사망하는 사고가 발생한다. 단지 장난으로 시작했을 뿐인데, 사건이 되었다. 그동안 당했던 괴롭힘에 대해 몰래 숨어서 갚아 주려 했는데, 모르는 이에게 용서받을 수 없는 죄를 저지르게 된 것이다.

의도하지 않은 사태가 발생하자 민재와 상식은 이제야 비로소 자신이 법의 심판을 받아야 하는 사회구성원이라는 사실에 직면한다. 그 사실과 대면하기 위해서는 법, 제도, 현실, 계기, 마음, 관계, 자기의 역사와 마주쳐야 한다는 복합적인 삶의 진실 앞에 선다. 그리고 그것을 해결하기 위해서는 혼자의 힘만으로는 불가능하다는 것을 깨닫는다.

청소년은 자기 앞에 펼쳐진 풍경이 단지 꿈을 이루기 위해 깔아 놓은 레드 카펫이 아니라, 자신의 현재를 단단히 지탱시킬 버팀목인 동시에, 언제고 방심하는 자신을 나락으로 떨어뜨릴 수 있는 함정이며, 그럼에도 불구하고 자신의 미래를 위해 도전해 올라야 할 거대한 산이라는 사실을 알게 된다. 그것은 돌멩이가 가르쳐 준 일종의 삶에 대한 신호탄처럼 시작되었다.

겁나는 현실, 그러나 더욱더 겁나는 나의 미래

상식과 민재는 공공의 적을 공유한 친구지만, 사건 앞에서 엄연히 사회적 계급에 차이가 나는 이질적인 개체라는 사실과 마주친다. 아버지의 보호를 받아 변호사를 선임한 민재. 새벽까지 일하다 전대를 차고 나타난 엄마와 살아가는 상식. 사건을 계기로 민재와 상식은 둘 사이에 가로놓인 보이지 않는 거리에 대해 비로소 알아차리기 시작한다. 함께 장난을 치고 누군가를 미워하고 또는 놀리며 같이 지낼 때에는 보이지 않던 경계가 법과 현실 앞에서 뚜렷한 차이로 드러나자, 부모와 어른들은 민재와 상식이 서로 만나지 못하게 한다. 그리고 어쩌면 그들은 어른의 금지를 핑계로 서로가 마주볼 수 있는 자리를 피한다.

청소년은 어른들이 미리 그어 놓은 경계선을 마음껏 넘고 추월할 수 있는 자유와 패기가 있다. 그러나 정작 현실과 마주쳤을 때, 그 선이 그렇게 쉽게 넘어설 수 있는 것이 아니며, 간단히 극복될 수 없음을 깨닫게 된다. 사람과 사람 사이에 놓인 경계는 이미 단단하고 뿌리 깊게 박혀 있다는 것을 인정하지 않을 수 없다.

그러나 과연 그 선을 넘어서지 않는 것이 일상의 행복을 지탱하는 안전장치가 될까? 그것은 서로가 서로를 넘나들 수 없게 만드는 투명한 차별의 선이며, 무언가 떳떳하지 못한 부조리한 선은 아닐까. 그리고 그 선을 밟았을 때, 내 앞에 닥친 현실의 무게를 나 자신이 과연 감당할 수 있을 것인가.

그러나 어떤 경우에도 자기 앞에 가로놓인 선을 보지 못한다면, 그 선을 넘을 수도, 선을 넘지 않는 길을 선택할 수도 없다는 것만은 분명하다. 이제 어떻게 그 선과 만나고 그에 대한 태도를 결정할 것인가에 대한 선택을 해야 한다. 그것은 바로 소년에서 어른으로 이행하는 과정에서 통과해야 할 자기 선택의 길이기도 하다. 선택한 길에 따라 그가 사는 어른으로서의 삶의 지형은 달라질 것이다. 또

한 선택할 수 없는 길에 대해 자신이 어떤 태도를 보일 수 있고 보여야 하는지를 생각하는 동안, 사회와 자신과의 관계에 대한 태도와 입장이 형성되어 자기 앞의 생을 엮어 갈 것이다.

민재와 상식은 미성년자라는 이유로 실형을 받지는 않는다. 그러나 그들 앞에 선고된 것은 법적 처벌 이상의 무게를 전하는, 뼈아픈 현실사회에 대한 풍경이다.

과연 상식은 영화 〈쇼생크 탈출〉의 주인공처럼, 숟가락 하나로 그토록 단단한 콘크리트 감옥-죄 없이 부당하게 자신을 가둔-으로부터 탈출할 수 있을 것인가. 그렇다면 과연 그 힘은 무엇일까. 그리고 이제 서로가 만날 수 없고 또한 만나지 못하는 상식과 민재의 청소년기의 우정은 무엇이 되어 각자에게 남겨지는 것일까.

보호와 억압, 충동과 패기 사이에서

청소년은 사회의 보호를 받는다. 그러나 청소년은 보호라는 이름의 억압과 감시로부터 끊임없이 탈주하기를 욕망하고 있다. 그것이 수월치 않기 때문에 청소년은 끊임없이 자기만의 언어와 행위, 태도와 시선으로, 이 견고하고도 답답한 현실의 단면에 구멍을 내려 한다. 욕설과 은어라는 또래 언어는 청소년이 그들끼리의 정체성을 발견하고 교환하며 사회에 알리는 일종의 신호 장치다. 어른이(부모가, 교사가, 검찰이) 알려준 길과 장소를 벗어나지 않는 것은 안전해 보인다. 그러나 어쩐지 답이 정해진 길을 걸어가는 것처럼 흥미로워 보이지 않는다. 도대체 살아 있다는 생기를 느낄 수가 없다. 그 길 위를 걷는 이가 나라는 확신이 들지 않는다.

그러나 스스로의 힘으로 인생의 길을 찾기가 쉽지 않다. 그것은 잠시 장난을 쳤을 뿐인데, 누군가에게 돌이킬 수 없는 상처를 주는 범죄가 되어 남을 수도 있는 문제다. 과연 충동과 패기로부터 청소년은 자기 자신을 구원할 수 있는 것일까. 비록 법의 처벌을 받지 않는다고 해도, 이미 현실을 알아 버린 청소년이 죄책감의 무게를 떨치기는 쉽지 않아 보인다. 그토록 경멸하던 법과 제도, 기성세대가 여전히 청소년을 보호하고 있다는 전제가 청소년 스스로 자신의 자유를 억압할 근거로 작용해서는 안 되지만, 어떻게 그 경계를 헤쳐 나가야 할지 혼란스럽기만 하다.

하나의 돌멩이에서 시작된 고민과 불안의 시작-정면의 삶

'소년이 그랬다'라는 제목은 과거형의 서술이다. 소년이 그런 일을 했다는 선언인 동시에, '내가 어렸을 적에'라고 말하는 듯 이미 소년기를 통과한 어른의 입장이 매개된 이중 구조를 취하고 있다. 그러나 소년의 선언은 법과 제도로 무장된 현실 앞에 어쩐지 무기력하다. 또한 어른이 소년기의 문제를 통과하는 것이 말처럼 쉽지 않다는 것을 인정하지 않을 수 없다. 나와 타자의 문제, 장난과 일탈의 문제, 탈주자와 추적자가 사실은 한 몸일 수 있다는 삶의 이율배반성과 복잡성의 문제로부터 어른은 결코 자유롭지 못하다. 바로 그렇기 때문에 어른들은 끊임없이 청소년을 규율하고 가르치려 한다. 내가 겪은 혼란의 비용을 다음 세대가 다시 반복하는 것을 보고 싶어 하지 않는다. 하지만 그것은 어른의 무모한 욕심이다. 낭비처럼 보일지라도 그것을 치러 내지 않고서는 결코 다음 시간으로 넘어갈 수 없는 것이 소년에서 어른으로 진행되는 삶의 법칙이기 때문이다.

한편으로, 청소년의 입장에서는 어른의 그런 가르침이 결코 자기 극복의 언어로 보이지 않기 때문에, 믿고 따를 수가 없다. 어른의 훈육과 청소년의 복종이 성공적으로 교차할 수 없는 것은 이미 시선의 평등을 요구하는 청소년의 입장과, 그것이 아직 시기상조라는 어른의 입장이 충돌하고 있다는 사실 자체를 외면했기 때문일 것이다.

『소년이 그랬다』는 일목요연하게 스토리를 펼쳐 내는 서사로서가 아니라 무대 위에 올린 극적인 충돌의 언어로서 우리에게 이야기하고 있다. 하나의 돌멩이는 충동과 열정과 패기의 상징으로서, 뒤를 계산하지 않는 젊음의 신호로서 세상을 향해 던져졌다. 그리고 그것은 애초의 과녁을 향해 달려가지 않고, 엉뚱하게도 생애 자체를 자기 책임의 몫으로 돌이켜야 한다는 선고가 되어 되돌아왔다. 마지막 장면에서 소년이 마주친, "화를 내지도 울지도 않는" 상처받은 자의 눈빛이야말로 어쩌면 자신도 모르게 던진 돌멩이가 낸 상처에서 울리는 내면의 음성일지도 모른다. 귀를 막은 손을 떼어 낼 때, 소년은 자기가 외면한, 그토록 부정했던 어른의 모습을 극복할 수 있을지도 모른다.

이제 정면의 삶만이 이 삶을 타개할 수도, 극복할 수도, 에둘러 갈 수도 있는 유일한 선택이 되었다. 소년이 정면으로 맞닥뜨려야 할 것은 바로 그러한 자신의 모습인 동시에, 자기가 두 발로 내딛고 있는 사회라는 풍경인 것이다.

공연 일자 2011년 11월 24일 ~ 12월 4일

공연 장소 백성희장민호극장

공연을 만든 사람들

원작 스테포 난쑤, 톰 라이코스 각색 한현주 연출 남인우 협력연출 유홍영 출연 김문성, 김정훈 연주 남관우, 김홍식 예술교육감독 최영애 드라마터그 손서희 조연출 이지혜 음악팀 남관우, 김홍식, 이향 하, 신승태 예술교육 최기숙, 손준형, 김창영, 오연주 기술감독 어경준 무대감독 김지명 무대조감독 정광진 무대디자인 여신동 조명디자인 이유진 의상디자인 정민선 사운드디자인 장태순 움직임지도 이윤정 영상감독 김영민 영상기술감독 김종헌 영상디자인 박재은, 김지혜 조명팀 김홍기, 이영욱 조 명 오퍼레이터 구자혜 음향 오퍼레이터 정윤석 음향 크루 김연희 그래픽디자인 윤용석 사진 이도희 그림 송선찬 무대제작 에스테이지(s_TAGe) 인쇄 미림아트 옥외광고 ㈜미라클 하우스매니저 최홍일 공연 진행 문지현, 이난숙 프로그램북 편집 김해주, 최영동 마케팅 윤다애 프로듀서 김미선 제작 국 립극단 예술감독 손진책

소년이 그랬다

2014년 5월 29일 1판 1쇄
2022년 4월 15일 1판 10쇄

원작 스테포 난쑤, 톰 라이코스
각색 한현주

편집 김태희, 김태형, 이혜재 | **디자인** 권지연 | **제작** 박흥기
마케팅 이병규, 양현범, 이장열 | **홍보** 조민희, 강효원

인쇄 천일문화사 | **제책** J&D바인텍

펴낸이 강맑실
펴낸곳 (주)사계절출판사 | **등록** 제406-2003-034호
주소 (우)10881 경기도 파주시 회동길 252
전화 031)955-8588, 8558 | **전송** 마케팅부 031)955-8595 편집부 031)955-8596
홈페이지 www.sakyejul.net | **전자우편** literature@sakyejul.com
블로그 blog.naver.com/skjmail | **페이스북** facebook.com/sakyejul
인스타그램 instagram.com/sakyejul

값은 뒤표지에 적혀 있습니다. 잘못 만든 책은 구입하신 서점에서 바꾸어 드립니다.
사계절출판사는 성장의 의미를 생각합니다. 사계절출판사는 독자 여러분의 의견에 늘 귀 기울이고 있습니다.

ISBN 978-89-5828-757-5 44840
ISBN 978-89-5828-473-4 (세트)